琴剑诗系·全国公安实力派诗人丛书

郑天枝
诗选

全国公安文联／选编

群众出版社
·北京·

图书在版编目（CIP）数据

郑天枝诗选 / 全国公安文联编. —北京：群众出版社，2016.3
（琴剑诗系·全国公安实力派诗人丛书）
ISBN 978-7-5014-5509-6

Ⅰ.①郑…　Ⅱ.①全…　Ⅲ.①诗集—中国—当代　Ⅳ.①I227

中国版本图书馆 CIP 数据核字（2016）第 062628 号

郑天枝诗选

全国公安文联　选编

出版发行：群众出版社
地　　址：北京市丰台区方庄芳星园三区 15 号楼
邮政编码：100078
经　　销：新华书店
印　　刷：北京兴华昌盛印刷有限公司

版　　次：2016 年 3 月第 1 版
印　　次：2016 年 3 月第 1 次
印　　张：6
开　　本：880 毫米×1230 毫米　1/32
字　　数：150 千字

书　　号：ISBN 978-7-5014-5509-6
定　　价：29.00 元

网　　址：www.qzcbs.com
电子邮箱：qzcbs@sohu.com

营销中心电话：010-83903254
读者服务部电话（门市）：010-83903257
警官读者俱乐部电话（网购、邮购）：010-83903253
文艺分社电话：010-83903973

目 录

第二集　底牌与习惯

第三集　甜蜜与忧伤

总序

情怀：写诗是对人类灵魂的建设

李　犁

当编好的十本《琴剑诗系·全国公安实力派诗人丛书》（第二辑）出现在我面前的时候，我非常震惊。首先震惊的是，公安部和全国公安文联领导的眼光和气魄。一个专门同黑暗与罪恶作斗争的系统，能对文学艺术，特别是看似寂寞实则代表着人类精神高地的诗歌这么重视，确实出乎我的意料。我们总说精神文明建设，还有比这样大规模地集中推出本系统优秀诗人作品的壮举更化虚为实的吗？这是一份壮丽的事业，不仅繁荣了公安文学，而且为中国文坛作出了不可磨灭的贡献。这份努力令所有从事文学事业的工作者心存敬意并永远铭记。另一个震惊应该说是惊喜。这十本诗集的质量非常高，诗歌中奔涌着的血脉和气象，还有真诚和境界，以及对诗歌艺术的锐意探索精神都对当下的诗歌有所建树，也是对当今诗坛一些写作上的偏差的校正和警醒。下面，我就把十位诗人的作品拉进当下诗歌写作的现场，从当下诗歌写作的现状来赏析他们的作品。

当今诗坛是近三十年来最平静也最繁荣的时期，各种流派并存、融合、创新。但是在文本进步的同时，另一种状况令人忧虑，那就是过分的个人化和反崇高，让诗歌格局变小，同时伴有“软冷乱”。我曾经说过，这是一个缺火的诗坛，没有了熊熊大火，诗歌也就没有了血脉偾张和荡气回肠。火即情怀，包括情怀派生出来的理想、道义、激情以及侠肝义胆。令人欣慰的是，我们这十位诗人的作品中没有丝毫的无病呻吟，更没有晦暗和琐屑。他们的诗中是有光的，有向上的追求和力量，应了张策秘书长所说的“诗是诗人的心脏”，这些诗人都有一颗悲悯之心。显然，这些诗人具有了高度和情怀。下面我把这种情怀分成四个方面：

理想情怀。这要求诗人对美和崇高永怀敬仰之心。我们的诗坛太过于迷恋琐屑的、碎片的甚至是审丑的东西了，诗人给世界贡献的应该是美好，而不是脏乱差。诗人仅有好心是不够的，还要做一盏在黑夜里引导人前行的明灯。“心凛凛以怀霜，志眇眇而凌云。”早在晋代，陆机就对作家提出了心灵要纯洁、志向要高远的要求。诗人只有心中有高山大海，写出的作品才能寥廓而坦荡。这是解决诗歌格局小的根本途径。这十位诗人都有这样的审美追求，而且是自动的倾斜，这就是诗人人格的体现。具体如任桂秋对“巍峨”始终如一的全神贯注，杨锦的凌空俯瞰，郑天枝的纯净至上，袁瑰秋的把时代揽于心中，还有田湘的以美为神等，都让人情不自禁地向上仰望，并向美、向诗颔首。天地和心灵被他们的诗歌拓宽并扫净。

值得一提的是沈秋伟的《大河意象》，我用浩荡来阐释这首诗歌的品格，诗境真的如铺天而来的黄河之水，澎湃开阔而有力量：“大河，我伟大的父亲/你脸上虽布满了哀伤/却仍执拗着、倔强着匍匐前行”。大河如父，更是我们嘴角有血却一直咬着牙前行的中国！但这首诗的价值不在于它的隐喻，而在于它唤醒了我们遗忘的诗风，那就是豪放和雄健。诗坛把小情小景写得太精美绝伦了，真该多一点儿这样“荒荒油云，寥寥长风”的作品。他的英雄情结和情怀，他的一泻千里的雄浑和磅礴，都荡涤着我们的灵魂并让我们永远铭记。

另一位诗人田湘则是从细微处入手，把日常的事物引入诗、引入美，使之成为一种仰望和理想。一缕沉香，一轮瘦月，还有雾霾中乍现的阳光，都是他眼中的诗神。他的诗歌提着我们的灵魂向上走，向神和境界接近，也启示我们，只要心有善念和爱，混乱的生活里也能找到美和秩序，并得到神的普照。田湘的诗歌是有电的，这是说他的激情如闪电和雷霆，让他在习以为常的生活中敏锐地发现诗，并迸溅出电花。从沉香诗人到射电似的写作，田湘总是在一瞬间把漫不经心的读者击中，并让他们为之沉醉，这就是诗歌的魅力，更是情怀的魅力。

悲悯情怀。这是诗歌的肝胆，简言之就是正义感和同情心。从理论上叫人道主义，在生活里叫侠肝义胆。悲悯情怀就是让我们对世界投以全部的关怀，让诗歌具有雪中送炭的温暖和爱。这首先需要诗人撇开自己而去关心别人的命运，包括对寒风中受苦受难的卑微者的同情，对不公平和非正义的谴责和批判。而我们的诗坛最缺的就是温暖和义举。所以我特别珍惜我们这几位公安诗人作品中炉火般的暖意，以及对假丑恶烈火一样的批判精神。

杨锦对《一只鸟在汽车挡风玻璃上死去》，内心隐痛，并在“胸前画个十字”，这对万物的悲悯之情让天地垂泪。而《羊的泪》中对成为游人美味的生命充满了同情，更重要的是对那些以侵犯别人的生活为快乐并载歌载舞的麻木灵魂充满了愤慨。诗中有柔软的怜爱之心，也有悲愤的仗义执言。用一种诗歌的品格来定位杨锦的诗歌，就是悲慨，其核心就是“壮士拂剑，浩然弥哀”。诗歌有了这样的情怀，就具有了浩然正气和棉衣披身的大温暖。

而任桂秋的诗歌中一直充满了光芒，那是善和美在闪亮。她不论是写给亲人，还是故乡，抑或是阳光下茁壮成长着的学生和孩子，都镌刻着一个女儿、一个母亲的温柔细腻，以及从心灵深处滴下的雨与露。她的诗歌看起来顺畅清亮，犹如闪耀阳光的大河，可细节处都凝结着她更刻骨、更炽烈的真情和爱，甚至有热泪在闪烁。一股暖流会从内向外蔓延，直到冰雪消融，包括万物之间的屏障和距离。这就是有温度的诗歌，让人的内心也敞亮如夏日阳光下的大河，清澈而爽朗。在袁瑰秋的《孩子　你永远年轻》中，诗人以一个母亲的心深情地与这些永远长眠的战士说话，虽然悲怆，却也温暖河山。这种从细小处写大题材的方法，真诚细腻，更能撼动人心，也更让人眼含热泪。

生命情怀。这是对生命和生存的关怀，就是诗人所说的生命被点燃的感觉，不管是疼痛还是灿烂。从本质上说，诗歌就是诗人的生命。在各种文体中只有诗歌离生命最近，或者说就是生命直接投射的产物，而只有诗歌这种文体才有这么强烈的爆发力，才能真实而准确地反映出生命的各种体验。具体落实到写作上就是有感而发，这在逯春生的诗歌里表现得特别明显。他不仅是有感而发，而且感情常常从诗歌里溢出来，冲破闸门决堤而下。如果用一个关键词来概括他的写作，就是情执，坚守真情到顽固不化的程度。尤其是他写亲情和故乡的系列作品，更是真诚又刻骨。丰醇的情感让他的诗歌变得浓烈和深厚。他想让他的诗歌去温暖故乡和亲人，还有那寒风中褴褛的背影，这让他的诗歌充满了深情和撼魂的力量。他的诗歌有根又有心，因为他诗歌的核心永远是亲人和故乡。所以，乡愁是最能撬动诗人情感的锐器，逯春生用写诗找到了回家的路。这让诗歌挤出了水分和杂质，变得更加真实和柔软。

“我看见/一具具沉重的肉身/被大地吞噬/顷刻间还原为尘土”，这是林涛的诗歌，诗中对生命的关切和对自然的担忧焦虑，让他的诗歌不仅疼痛颤抖，也多了层深刻的思考。林涛的诗歌往往起于激情，止于思考。他诗歌的核心就是用自己的体验抚摸大地和万物，用诗歌的方式让人类摆脱苦难，从而让世间万物都和谐美好。这就是思想加重了诗歌的分量，同时诗也使思考有了肉身和灵性。这与郑天枝的诗歌非常相似，郑天枝的诗歌开始于叙述，结束于哲思，最后两句往往都是向上一跃，让诗歌有了陡峭，有了高度。那个高度就是诗眼，就是诗之思，就是让我们仰望的光芒。譬如他说人面对天堂，或者像天堂一样美好的事物，“只需要/奉献洁白无瑕的裸体……”洁白无瑕，就是他经历了人生的种种体验后，悟出的真理和美，这也是他理解的最好的诗歌与人生的境界。

创新情怀。我把蝈蝈和周孟杰放在最后一节来谈，并非他们的诗歌没有前面的种种情怀，理想、真诚和关怀也是他俩诗歌的品质，只是与其他诗人相比，他们对诗歌文本的探索和创新显得更突出一些。

其实，诗歌的每一次进步都是技术的更新和革命。但这些年诗歌技术处于平稳保守甚至休克的状态，所以需要诗人有勇气去探索和开拓，去颠覆并创造新的技术，以保证诗歌的鲜活性和先锋性，从而让我们从先锋中看到诗歌在突围，看到新鲜的、活跃的、特别的诗歌元素在成长，并丰富我们的诗学。蝈蝈和周孟杰显然有着对诗歌文本创新的情怀和激情。他们的诗歌对我们惯常的思维是一种撞击，犹如一个重器，击中了我们大脑中浑噩的部分。蝈蝈的诗歌沉着从容，把激情和惊涛骇浪压缩成一块方方正正的铁，冷静平静，让不细心的人很难发现其中的奇妙，这就是他的功力。他把对字词的打磨和向难度的挑战，都已经化作自然平常的一种语言状态，写诗犹如说话：“你看见了我的内心，它简单、炽热……它在隐忍中仍然保持着明亮与激情。”水晶、心、诗，三者互相映照，互为喻体，加深了情感，突出了品格。简单的口语中变幻着无穷的智慧，这是把技术操练到看不见技艺的程度，即无形乃最高形式也。周孟杰同样把无形作为最高技术理想，他在很浓的情绪空间中，像削木剑一样，一下一下让兵器越来越锋利，让语言越来越尖锐，进而变形，达到创新的效果，譬如“火焰露出脊背/只有燃烧能让伤口愈合”。这种语言的出奇制胜，甚至无中生有，也让诗之思更深刻、更彰显。为了出人意料，有时候他把不太搭界的事物拧到一起，不仅让人大吃一惊，还让情感和思想更加深邃，譬如《玫瑰是露珠堆成的高塔》。周孟杰是比喻的高手，也是把想象推向极致的炼金术者。诗歌的文本就是在他们智力的推动下逐渐搭成了绝美的高塔。

限于篇幅，不能一一列举。需要指出的是，我的这种分类只是突出诗人大致的写作倾向，其实每种元素在这十位诗人中都互相兼容着，互相渗透着。对诗歌的热爱是他们内心永远亮着的情怀，情怀推进着他们的写作，也提升着他们的灵魂。正因为有了情怀，写诗对于他们来说，不仅是搭建一个艺术的金字塔，更是对人类精神和灵魂的建设。

（作者系诗歌与艺术评论家、中国诗歌万里行组委会副秘书长、《中国文人书画》杂志主编）

序

千万里我追寻着你

郑天枝

边抽烟边思考这样一个问题：如果我不喜欢看书写作，我还能干什么？如果此刻我不是与书本相伴、与文字起舞，我能不能一个人独对这样空寂的时空而不觉得孤寂？在这样一个相对封闭的院子内，拿什么和苍穹对话，以证明自己真实地活着。

在浩瀚的世界面前，人会是很渺小很微不足道的，有时会小到远不如一只蚂蚁的生存状态。人，常常会很迷茫，想征服许多，却因找不到征服的“武器”而沮丧。人，有时很自大、很自恋，有时也会很自卑、很无措。挫败感，或许是造成人不快乐不幸福的最大元凶。

这是一个多雨的季节。春夜，因雨水的沐浴万物都在疯长，就连野草的生长也显得冠冕堂皇；做梦的季节里，虚幻是最好的演出，情欲和花朵一起在深夜开放。没有一种药物，可以医治春梦，华佗的妙手回春，也无法治疗不可逆转的命运。

现在，春雨不停敲打我的窗棂，像是不期的约定。要不要打开窗户，我的犹豫，在于始终不能确定春雨这番情意的假与真。我不想独自一人，清点自己的眼泪，更想以诗歌的名义对情爱发出拷问。“问世间情为何物，直叫人生死相许”？一个情字，会生出多少人间的悲欢离合；一个情字，让多少痴情的男女痛不欲生……

你看，“情”字寓意心如青草，在春天萌发渐生渐长，风吹过，草翩舞，心旌摇荡，蓬勃盎然。更有那“野火烧不尽，春风吹又生”，以及“星星之火，可以燎原”……在情字面前，人会显得幼稚，显得单薄，甚至是多余的流浪；“飞蛾扑火”，无论如何我们都没有理由嘲笑。

现在，除了雨声，我该是生活在一个没有声音的时空。我突然怀念起音乐，声音是最美好的载体，会让我们的肉体和灵魂在特定的时空得以释放。那就唱一首歌给自己听吧！我轻轻地唱着，《草原之夜》的旋律如雨悠扬；我不会弹琴，却希望我的歌声幻化为多情的琴声，更期待着能有一个美丽的姑娘来陪伴我的歌声……

呵呵，这是一个梦啊！梦里不可能长出庄稼。可是，美梦也会是一种补品，也会滋养心灵的痛与痒……如果你不是一个急于求成的人，你可能会说，一切都会在过程里面，虽然这样的过程会是漫长的，也许会是终生的。

为什么要在意“结果”呢？上帝问我。是啊，为什么做事一定要有结果呢，为什么我们不会在静静地追寻的过程中，静静地体会那一份独特的享受。我的一位朋友曾对我说：我一生的使命，就是一直在寻找能永久陪伴我的爱人。我想，他的这个要求并不过分，也是人之常情。此时，我的心中回旋着一首老歌：千万里我追寻着你……

那就这样吧：把我想要的带来，将我想逃离的带走……

附记：这本诗集原名为《蛰居时间之上》。2013 年 10 月至 2014 年 2 月，我以 57 岁的“高龄”（全班最年长者），很荣幸地参加鲁迅文学院第二期公安作家班学习，怀揣着感恩之心，聆听教诲，如饥似渴，在学习期间创作了近300首诗歌和5万余字的散文随笔。此次学习，最大的收获莫过于学会了“减法”，人生如此，文学创作也如是。收入诗集中的150首诗歌，大都在14行以内；这本诗集算作学习汇报，也是尝试“减法”后的一次“亮相”。

感谢全国公安文联将这本诗集列入《琴剑诗系·全国公安实力派诗人丛书》；感谢一路走过来所有给予关爱和帮助的朋友，也包括那些给过我挫折体验的人。所有的际遇和结局，都毫无例外地赐予一种体验，而真正的体验是生命最珍贵的财富……世间的一切变故，都是天意……

2016年春于湖州

第一集　天堂与扶梯

天堂

在梦里　天堂
就住在隔壁
而你紧挨着我
墙　早已洁白无瑕
我没有房间
也没有床　因为
这些都不需要
你早就准备好一切
而我　只需要
奉献洁白无瑕的裸体……

黎明向我走来

你的门虚掩着且恰到好处
但不是谁都可以自由出入
黑夜的魅惑很强大
期待黎明前来揭开面纱
露珠滋养花朵却是不请自来
“不需要邀请”——
花朵的等待已让夜晚潮湿
鸟鸣　会不会是信号
应该将怀抱留给谁　你
只是抿嘴一笑　有人明白
现在进入思念状态为时过早……

我的等待会不会是你的深渊

无法执手相看泪眼　天苍苍
于地的尽头苦苦等待
你生活在别处　我的等待
会不会是你今生的深渊
不能打开窗口　不需要
看清外面的世界是否精彩

我是一粒尘埃　遇上了你
长出了思念的肌肤
神经的每一个触角渴望相拥
如果仅仅是一次的思念该有多好
时间找不到出口　新鲜的
无法愈合的伤口且时时发炎
如果你是太阳　我愿意
是一株痴情的向日葵
即便枯萎也始终追随你的方向……

这只是我的猜想

你没有告诉距离　当然
我也会打消没必要的狐疑
“距离不是问题”别停下来
兰舟催发　别太在意方向
只是　你的美
会不会让我举棋不定

海的潮声耳畔响起
波浪的缠绕或许缘于暗示
请告诉我　彼岸的花朵
会不会成为苦难的记忆
久违的平静遭遇瞬间的撞击后
能否若无其事地转过身
温柔　从来都是很脆弱
我的猜想自己也不能做主……

省略

什么样的东西可以无色无味
甚至无香　香味有毒
省略许多的过程　以及
过程之后的所有遗漏
星斗转移　这是天空的职责
涛声依旧则是另外的话题

时间无法设定　就像邂逅
一朵纤尘不染的花瓣
依次打开后　或许
会找不到最佳的位置
迷失需要借口　可是
一颗心如何能安放得心安理得
不是什么都可以忽略
并非因为那些目光的深不可测……

不能发光

不想有自己的语言
在你的身旁　沉默
就是最好的表达
你就站在那里　熠熠生辉
假装视而不见　一颗
流星诉说的衷肠
找不到理由现在开始逃亡
与你同在　梦是一架梯子
一堵墙　传递着神谕
我有梯子　门却紧闭
唯有坐视院子里青草疯长……

让自己平静下来

凌晨时分　连鸟儿都不知在哪儿做梦
一个客居异乡的人不免焦虑
想让自己平静下来　是现在唯一的命题
窗外的那些树被风吹拂着有些不由自主
而那些飘落的树叶想和谁说说话
我也想找一个人倾诉衷肠　就像
一条河在等待一只鸟掠过水面
侧耳细听　一根虚拟的琴弦
也在等待十指的暴风骤雨　而我
唯一的期待　仅是让自己平静下来……

找不到一把更好的梳子

心事如麻　找不到
一把更好的梳子梳理乱麻
清风如缕　彻底忘却自己
在万籁俱静时点亮
一盏昏黄的灯　那么微弱的灯火
照澈一个俗人暗藏的欲念
青青的河边草呀　你为什么
还要在寒冷的季节冒出新芽
风可以作梳子吗　四季更为孤独
一个人的内心　藏着一座
小小的　随时就会爆发的火山……

幸福需要留下伤痕

放慢脚步　将幸福藏起来
一根鞭子就挂在墙角
假如幸福如同空气　你
可以使劲抽打直到气喘吁吁
幸福需要留下伤痕　只是
别让伤疤太难看　那是因为
白天的阳光太刺眼
生命的沉浮都与幸福休戚相关
一些美好　因为流逝而盛开
水的燃烧　会让水得到升华
幸福的伤痕需要滋养　请
不要刻意阻止某些事物的到来……

一切有形

前进还是撤退
都必须选准最佳时机
土地和种子不可或缺
不仅仅需要春风化雨
收成或许与耕耘无关

山川草木　啼血如花
光晕笼罩着若明若暗
耳朵会在哪里　眼睛
可不可以隔岸观火
而我只是过客且在时间之外

花朵正在凋零　我
却什么也看不见
密不透风的寂静　可怕的
寂静　伴随琴声
在时间之内不需要琴弦……

全新的歌唱

从时空里逃逸
在另一个时空歌唱
鸟儿牵着命运的翅膀
战栗　在隐秘时分上演
没有琴声　时间更为纯真
火　欲在水中燃烧
而水选择在火中反复穿越
水火交融　星星绽放花朵
月色想结出诱人的果实
歌唱　太阳下也有陷阱
全然不顾　为了
找回丢失的耳朵和嘴唇……

风　吹在身上

现在是 1 时 22 分
风　吹在身上
心情久久难以宁静
遣怀　却找不到出口
难道这是上天赐予的礼物
空气开始固化　远处
时间正与距离交涉
吹在身上的风异乎寻常
坐下来的身体有些空洞
一切都是无声的　一根针
掉在地上　轻轻弹上来
准确无误地扎进胸膛……

想你的夜

白色的灯发出昏黄的光
不寐　灯是幸福的
我在灯下默念着你
你的梦里　有没有
一个人摇摇晃晃的身影
此刻　距离不是问题
有形的墙　一半明亮
一半暧昧　这堵墙
其实应该浸泡在秋雨里
想你的夜　思念遥远
斟满一杯烈酒　将
自己连同盈盈的月色灌醉……

即景

美梦正酣　一枚针
穿墙而入或许什么也不做
刷牙　暗含某种隐喻
铃声响起　柔情似水
暖暖的光线在心的一侧
划出暖暖的漩涡
蛰伏的青草　舔薄了冰层
剩下的一纸之隔
留给月光慢慢着色……

今夜是否注定要与失眠相拥

当一种声音融入另一种声音
终于明白和弦的准确含义
一堵墙虽然阻隔了眼神的交流
眼眸的抚慰穿透时空　或浅或深
微笑　绘声绘色　夜
也被感染　俘虏这个词有情有义
看来安静很难　眼前
有许多画面依次呈现
深深吸一口气　对自己说
舒缓心跳　抓紧进入睡眠
可是　心已经不属于自己
今夜注定要与失眠相拥……

越来越近了

当老树在寒夜爆出嫩芽
春水正在远方涨潮　急转直下
一个人在水中泅渡　犹豫
不明缘由　且有点水深火热
是不是该将沸腾的热血变凉
可是　你的眼神
已经穿过我的幸福与疼痛
请告诉我　该怎么办
这绝不是一场风花雪月
相逢　却是命运赐予的重生……

皮肤

安坐在诗词里的你
一场雪就要来临　想用
最纯洁的雪水擦洗你的皮肤
细小的毛孔　草尖的露珠
隐约可见的细小腰身
花瓣　在时光的背后坦陈
一条漂泊的鱼儿慢慢靠拢
细数你洁白皮肤的每一缕纹路
假如鱼儿从灵魂进入
你会发现什么　鱼儿
此时已经陷入时间内核
皮肤　鱼儿　谁醉了谁的梦……

青春期来临

忘记了什么时候将自己打开
青春期在贫瘠的年代
似乎没有特别反应　而今
我的胸膛像饱满的豆荚
随时都会炸裂　羞涩裹着恐惧
甜蜜隐藏在深处　在你的低语里
我的心随时都会弹出来
不知你会不会打开一条缝隙
其实　我的心与你的心
早就合着一个节拍
如同醒着的锁　等待
一把钥匙夜幕下的轻轻抚摸……

假如

假如我是你的左眼
而你是我的右眼
相爱了　两只眼
合成一张举世无双的脸
有一天　突然发现
两只眼爱得那么深
相聚那么近　却
总也难以相拥
才明白　爱是那么迫切
又是那样的难舍难分
痛苦的泪欢笑的泪
左眼和右眼一起流淌
鼻子最清楚什么叫刻骨铭心……

我愿意像傻子一样爱你

站在你的面前　我
只会傻傻地看着你
你微笑的回应
就是我最大的幸福源泉
说不出海誓山盟
我露出的不整齐的牙齿
早就写满了残缺的誓言
不需要练习爱　不需要
一次次将爱当作试验田
当我与你四目相对时
请你与世界暂别一会儿
拥抱我　并在
我的黑夜里　为我的傻笑
注入够一辈子回忆的甜蜜……

聆听

如果爱我　请
不要用嘴巴说出誓言
将嘴巴留给舌头享用
也不要用眼睛传情
如果用眼睛练习流泪
我的心会长出翅膀
聆听　我的最爱
哪怕是无声的哑语
心领神会　你
可以用手紧紧搂住
随时都会摇晃的心情……

醉了

被声音从梦中拽醒
梦　继续接受修复
素手轻轻弹拨　琴弦
应和窗外急速旋转的风
声音　神奇的药引
怀春　寒夜里最煊的清纯
渐渐安详的声音
追寻被拽醒的梦境
而那个被修补好的梦
开始湿润　灯光跟着亢奋……

苏醒

没有花香　花香扑鼻而来
生趣盎然隐藏于不咸不淡
鸟儿筑巢　而我
常在黑夜与黎明交界处
建造美丽的城堡
虚拟的情节一一打开后
逐渐老去的身体苏醒
城堡　在快乐中迷失
虚实交相辉映
让一个字躁动不安
一个部位接着一个部位
流动的水　触摸得如此之慢……

在舒缓的声音里虚构风起云涌

让每一个细胞涌动起来
睡前的黑色　发出
令人欢欣鼓舞的信号
肉体开始流浪　并
渴望被柔美的指甲划伤
房间进入睡眠状态
镜子失忆　舒缓的声音
安居在我的身体里
成为一张网　我活着
一尾活在失眠记忆中的鱼
关紧门窗　虚构风起云涌……

前方有绕不过去的沼泽

一步一步往前走
怀揣着柔情蜜意
道路两旁开满鲜花
时间　虚掩着门扉
等一个人自投罗网
灵魂伸开手掌
将肉体推向万丈深渊
然后丈量幸福的时光
肉体变成一滴水
肉体渴望相互取暖……

梦见火焰

生存中会有很多的隐秘
常在无人的暗夜栩栩如生
比如昙花　暗藏的馨香
只在月夜渐次绽放
梦见红唇　饮露的火焰
在雨中烁烁不眠
炽热的花朵　尚未说出她的爱
销魂的芳香无法描述
生命的风度牵手激情温度
梦见火焰　疲惫的树枝
在等待一场瓢泼的大雨……

有一个人可以作证

河水已被厚厚的冰层覆盖
有风吹过　冰层下的波澜
有人想看个真切　许多年后
谁会想到寒冷的深夜
一个人会为另一个人彻夜不眠
寒风呼号　惊飞的小鸟
暗合了此时此刻的心境
默想　春暖花开时的芽孢
荡漾着醉人的暖意　一如
一个人生动迷人的眼神
静默相对无语　心
却一直跳个不停无法劝阻
深爱过　安静美好
许多年后　有一个人可以作证……

牵手

牵动了多少人的心　牵手
既是动词也是形容词
你可以想象　寒冷时分
照在脸上的斜斜的阳光
以及不易察觉的拔节声响
时间　引领一条曲幽小径
心情变成了颤动的弧线
必须训练有素　看透分寸
时间如水　不敢有片刻的停留
加快沉没　不舍昼夜
一粒沙子在掌心热了
牵着的手　突然呈现雨的形状……

故事

河岸边　风一直吹
我看见我的影子在陪我
河面上飘起一层雾
很多的鲜艳被逐一忽略
影子在重叠　时光成了碎片
淡淡香味的花朵
在影子里复活　一场雨
会不会将一场梦也复活
一种声音　果实的滋味
似乎早就被预先设定
体内长出原始森林　筑巢
双手被一阵风吹乱……

紧急刹车

前后左右都是白天
唯独两颗心还在深夜
梦常醒着　挤干空间的水分
为此学会了猜想　学会了
在一幕幕虚拟的场景里快乐
折磨　也在虚拟中沉醉
又被夜色悄悄带走
而今　时间害羞
轻轻的心跳隐藏惊涛拍岸
当吻变得实实在在时
身体很轻　很轻
汇聚着白昼之外的黑暗
收拢翅膀　收拢溢出的心
凝固涛声　却洋溢漫长的微澜……

晕眩

天昏地暗　千篇一律的夜晚
白天闪烁满天寂寞的星星
很浅的时候　房间很小
只容纳两个人的声音　猜想
在此时不该成为哑谜
转身是深夜　此刻
两个人的世界显得混沌
一片空白　柔柔的烟雨
越过设防了许久的栏栅
迟到的体验　打乱了固有的秩序
鸟在鸣叫　躁动的生命
不让时间留出空隙
海阔天空　你的笑容
足以养活一个人的余生……

弦外之音

你走吧　你走吧
唐朝的花朵下的“逐客令”
柔软的表情　释放着
柔软的弦外之音
在梦的前额卿卿我我
饿了　风中的孩子
抚摸　电流般在全身刻下文字
这一切都无济于事
真的很饿　身体和心灵
都处于饥馑状态　只是
阳光过于刺眼却又不能拉上窗帘
大地之上　苍天之下
真实的时空重新回归虚拟……

记忆的尽头

有你　记忆的尽头
便会多了一些柔情
也许　我没有历史
你的存在　让
那些的所谓历史变得很轻
我知道　今生
一切都会无济于事
错的和对的都没有意义
此刻　夜空变得蔚蓝
星星和我都无法安然入睡
请将我捆绑在那棵树上
那棵千年的古树上拷打
然后　你是风　我是叶
在没有灯的夜晚
抓紧时间做最后的缠绵……

你还在那里

许多东西在飞　隔着
一扇门仔细观察
你还在那里且心平气和
而我　在一扇门后
反复练习歌唱和表达
会有许多脸闪过
请相信　我一直很安静
深夜里我的呼喊　以为
你能感应得到　光和热
是否也要苦守着水到渠成
不知何时　燃烧的火
能让矜持的水沸腾……

怎么会是这样

肉身就要离开　心
却开始优柔寡断
依依不舍　这个词
在这个时段很不合时宜
我必须遵循自己的情感
必须毅然决然　拥抱
涵盖了千言万语
依恋的一瞥　会在
彼此的唇边停泊
不敢想象　没有我的夜晚
这堵墙会不会很安详
鸟飞过　从树梢飞过
会不会有不眠的相思
在枕边生长　也在扎根……

穿过漫长的夜的隧道

有些摇晃　夜的隧道
正等待穿越　你
也是一条漫长的隧道吧
假如时光可以倒退
我们在最美好的季节相遇
那会是多么温暖的容颜
神采飞扬　远处近处
都是惊慌的回应
月亮踮起脚尖　夜静悄悄
枕着月色相拥而眠
花儿不是开放　而是
随着一个人激情燃烧
而今　你是暗夜的一个亮点
常将一个人的睡眠撞疼……

开始抑郁

今晚　决定选择抑郁
从现在开始的每一分每一秒
都让抑郁塞满　身体空空荡荡
漆黑的夜里树在摇晃
灵魂似一张转椅　椅子转动着
转来转去离不开那个圆心
一条鱼　急切寻找岸
岸就在眼前显示若即若离
深夜里　头颅长满了青草
头颅转动　期待有人
拔除那些疯长的青草
现在　月亮打湿了头发
抑郁开始在白发上生根开花……

梦见一场大雪降临

大雪突然降临没有任何先兆
更与梅花没有任何关系
梦　该是催化剂吧
该死的梦　只会绕来绕去
雪　静静地燃烧
我却听到草在哭泣
一棵树静静开花　一个人
带着伤痛原地奔跑
告诉我　谁能挽救逃避
谁能在另一个时间里
牵着那个人的手　与
突然降临的白雪一起焚烧……

清晰明亮

往下走的路　清晰明亮
举棋不定　削薄了
彼此投去的热情目光
寒冷的冬季不仅仅需要棉衣
问题是　再多的语言
也不能成为驱寒的火焰
有时　细小的眼神
会催开明媚的春色
现在　想用硕大的伤口
滋养模糊的举棋不定
鱼　在欲望中生长
不要似是而非　是与非
常常坐在灯光下
可以视而不见　也可以
将是与非都变成美妙的回忆……

说不清缘由

天空　有会动的鸟翅
土地上生长着树的根
夜很深　我在追问
为什么要将二者排列在一起
又有谁　能在灵与肉之间
找到绝对的世俗真理

现在　我在封闭的房间里
反复练习弹跳　练习如何
能在同一时间内泅渡两条河流
日子会变旧　在此刻
流下说不清缘由的眼泪算不算软弱
可是　我真的无法绕过

也许　我只有以诗歌的形式
表达我对你的天地之恋
我相信　你读我的诗
你会理解你自己　动情
需要合适的温度和紧握
也需要耐心等待突然下雨的那一刻……

这个时候

凌晨两点　站在黎明的边缘
睡意全无　走进忐忑不安
没想明白的事情纷纷落下
想明白的事情支支吾吾
依旧激动不已　你的微笑依然鲜活
只是脚下的路想要分叉
告诉你吧　我不愿意也不会强求
现在讨论路的走向已没有意义
因为心跳与心跳早已合着一个节拍
你是一本书　我已深入其中
主题永恒而且只有一个
告诉你吧　我是一个笨拙的人
心思单纯　学不会进退自如……

我不能敲你的门

早就有那样的冲动
但此刻却不能敲你的门
有没有呼应不能明说
心被关闭　心口很疼
彼此的笑容彬彬有礼
心　渴望早日冲破藩篱
一墙之隔颇似“分居”
表明了谁也不能敲谁的门
无形的绳索　捆住了
蠢蠢欲动的肉体　还要
勉为其难　找出冠冕堂皇的理由
想入非非　白日做梦
怎能规避眼前的这一切
因为这一切早已命定
有些境遇不能叫作迷路……

按摩

为了让枯萎的激情
在寒风中复活　按摩
激情重新获得了体温
有一串乐曲在血管内冲突
悄然无声　本该
发生一些意料之中的事
也许还不到瓜熟蒂落
也许还要让时间长出意义
而我　更愿意赋予时间自由
不使按摩具备任何意味
此刻　陷入缅想
回味你唇的余温
以及你唇边盛开的姿态……

心跳

心与心相握　缩短了
僵持许久的相对距离
心跳加速　却面临两难
退缩　不是源于怯弱
交汇的眼神回味无穷
千头万绪怎能理得清楚
转过身的刹那间　想到了
抽刀斩水　想到了
水漫秋池的巴山夜雨
天空长满了星星
心跳结满悸动的伤怀
想以心跳的名义告诉心跳……

我的目光穿过了你的肩

我的目光　穿过了
你消瘦的肩　前方很远
像我的思念在很远的地方滞留
从你的肩　似乎
发现了一些玄妙的指引
只是我的愚钝影响了判断
你的目光　让我看到了
很久很久以前的美好
你纤细的手指划过肌肤
微妙的思绪不可言传
有时　躲藏目光
从不同的角度看一堵墙
或者让目光假装穿越
掩藏　或许是一种幸福……

想慢下来多么不容易

那么一截的路就是走不到头
想慢下来却又是多么的不容易
有更多的理由走近你
发现你比以前更加柔软　会有
很多的理由爱你却说不出口
其实你一直心知肚明
我一直感触到你心跳的异样
可是　不知道什么样的速度最合适
原地踏步　让时间
无端的消磨好时光　时光飞逝
你我都不能成为各自的影子
相见恨晚　分别定会很难……

问世间情为何物

我没有江山　也
不可能妻妾成群
更不可能奢望
既爱江山也爱美人
情如春风　叫人痴情的
该是千年等一回的缘分
幸运的人　会在
误了花期时枯木逢春
我就是那个幸运的人
情海深处　放大阳光
悠悠的江河水　潮起潮落
我愿意在潮水中看月色初上
你是一朵白莲花
直教人燃烧水一样的流淌……

时间静止了

这是我期待的那一天
时间静止了　除了呼吸
浓缩几千年的爱恋
在那一刻表达殆尽
心跳　只是温暖的补充
血液　书写意犹未尽
许多年过后　那些
层层包裹的故事只属于我们
打开或者尘封　都会
发芽　伸出无数只手
沿着时间的藤蔓相互缠绕
那些遥远的梦　回到手心
远方在手心长成树
而树在心头郁郁葱葱……

那一次……

在冬季　想和你
一起放风筝
风筝上系着文学梦
那一次只是偶然的交错
风筝来不及放飞
线就断了且杳无音讯

可是　线还在手上握着
手心的掌纹
刻下了风筝的痕迹
鸿雁传来的消息
在某个地方静静停泊
多年后　断了的线
找到了风筝　变了
没有变的还在梦里温习……

扶梯

一个人　想成为
另一个人的扶梯
在错的时间
冒出这样的念头很危险
命运无法模仿
而我们又都是好人
曾经吻过太多的寂寞
对于某种情怀尤为敏感
暗夜里的玫瑰
离我很近　我
想将她藏进身体里……

第二集　底牌与习惯

底牌

人生如牌　你
就坐在我的对面
无数次设想　你
紧握手心的底牌
笑里藏刀　你的本色
不到关键时刻
你绝不会轻易出牌
我同样也握有一张牌
藏得很好　我清楚
绝对逃不出你如炬的法眼
也许彼此心照不宣
也许彼此等待时机摊牌……

同病相怜

仿佛回到起点　却
又像是终点　同病相怜
物理反应正在走向化学裂变
此刻　你居住的房间
光线有些暧昧　种种迹象
表明可能要出现危险风景
你的呻吟　在一个人舌尖回旋
心被切割般的疼
无法抗拒　也无所适从
时间穿墙而入　怀揣着
你我急需的灵丹妙药……

植入肉体

褪尽繁华　树向天空伸出手指
那是树的哀伤天空的寂寞
你不必问我想什么　乱舞的风
使一支蜡烛流泪不止
我的身躯在一截一截燃烧
你来　在神圣的殿堂等我
等我寂寞成灰
请你用水　将我重新雕塑
然后打碎再细细揉捏雕琢
我需要被撕碎被敲打的快乐
植入柔软的疼痛　植入
至高无上的肉体……

读你

读你　应该不难
读懂你　成为一个命题
水　一寸寸蔓延
咽喉有些疼痛　如果
此时痛痛快快下一场透雨
会找到一些蛛丝马迹
请躲进我的伞中　我们
一起看天　看云给予的颜色
我知道你喜欢征服
等待英雄　在孤寂的深夜
与一朵花深情对白
听河水空空浮动　喘息
一只鸟掠过水面的感动
浸透我们　读懂
更需要守口如瓶……

开始小心翼翼

你没有来到我的房间
就是一枚钉子　已
长在我的身体内部
进而融入血液　看专家门诊
老先生一番望闻问切
摘下老花镜　看了半天
摇摇头："无药可救"
我朝老先生淡淡一笑
自己明白　该去
寻找最合适的"药引"
开始小心翼翼　开始
修身养性　尽可能
避免心烦意乱　很多时候
保持沉默会是最佳选择

在更深之处

你来自深处　我们
曾在浅处邂逅
水是唯一的媒介
水　推波助澜
在更深之处　你的目光
浸透海水　那时
我早已遍体鳞伤
你蔚蓝的目光为我疗伤
皮肤光滑　暗藏的疤痕
开着拨水的声音
使人心痒难忍的声音
触手可及　距离那么软弱
悬浮在半明半暗的地带……

想记住一场雨

那场雨至今没有下
怀念或者记住都没有凭据
日子干燥　皮肤饥渴
只能想象湿润的部分
常在阳光下倾听　无所事事
是这个冬天最典型的记忆
靠近窗子　风景一览无余
所有的生灵都在等雨吧
一场瓢泼大雨过后
会不会发生奇迹或者裂变
相信有人与我同行　盼望下雨
拯救渴望　经受冷暖……

准备典当所有情感

会不会让你紧张
我已决定　典当所有感情
跟你流浪　在天之涯海之角
我会一无所有　你
只需要拥有你健全的手指
我是一架竖琴
等你弹拨　等你疯狂
白天和黑夜都属于你
穿体而过　颤音袅绕
请剔除所有的杂音　叩击
只有你懂的回声　你
不要紧张　如果有一天
你开始厌倦　请合上我的眼帘……

沉醉于无边的温柔

你的举止源于内心的表露
深深的掐痕　让
一个人沉醉于无边的温柔
起风了　真想为你而舞
怀抱鲜花　突然苍老
热血却在加速沸腾　迎候你
神秘的土地无法释怀
山空云静　你纤细的手指
瞬间乱云飞渡　花香袭来
我早已熟悉你弹性的指纹
忧伤的诗人啊　你的喘息
端坐在烛火之上　不要熄灭
很多的词汇等待安排妥当……

黑夜的翅膀

想说出对你的深爱
却怕黎明恐惧　无边的
海洋之上　黑夜的翅膀
扇动无边的连锁反应
你以果实的形象滑出视线
阳光潮湿　解不开锁链
我以另一种孤独演绎相思
在一次深呼吸的空隙
挥动手臂　再做一次深呼吸
黑夜的翅膀无比高尚
身体长满深刻　落英缤纷
眼睛含情如深邃的星空……

浪花洗尘

努力一步步走进
你生命活力的源头
不会游泳却想畅游
感触你激情的隐秘之处
浪花洗尘　虚度良辰美景
流年逝水　灵与肉
正被多情切割　自古伤怀
飘过春夏秋冬情之独钟
现在可以温柔一会儿
想给你赞美　也想激动不已
想以诗歌的名义　向自己
索取生命最原始的欢愉……

情非得已

你的朗诵之妙
连你自己都感到意外
你说　这是你第一次朗诵
我知道　那些诗句
和你一样　展示的
都是情非得已　我
很安静地聆听　很安静
以微笑和掌声掩饰汹涌
诗歌　在此刻
被塑成圣洁的肉体
灵魂在飞　想以
倾斜的角度重新考量
天空对于土地的定义……

散发光芒

将手放在你的眼眉
手心灼热　隆冬季节
在手心播种春意盎然
似乎明白了什么　似乎
还在土地里摸索
你的侧影　我期待的表情
眼睛开始恍惚　心里
已经长出可爱的禾苗
在我的睡梦里　时常
出现耕种时的大汗淋漓
无法用语言形容睡意
散发光芒　我的眼睛
想在你的眼眸沉睡不醒……

天意

北京真的很吝啬
两个多月没下过一滴雨
昨晚　据说某个
很小很小的局部地区
下了一阵湿润的雨
古老的陶罐　微微倾斜
泉水顺势而下　歌唱
这个冬夜最美好的事情
年轻的心　渲染
年轻的激情　仿佛季节变迁
喜悦勾兑着喜悦
细密的雨珠
在月夜熠熠生辉……

节日

如果你同意　我想
将那一天定为我们的节日
没有烟花爆竹　一切
都是静悄悄　时间走远
仿佛春天提前来临
这个节日很小心　没有酒
微醺的感觉彻头彻尾
你不知道　那时你有多美
美不胜收这个词躲在一旁不语
浓浓的爱的气味　化不开
也无法逃避　融入血液
这是上苍的安排和垂怜
找到自己的节日
我们全心全意祝福自己……

人在途中

窗外景色飞过
景色不语　原野空旷无比
犹如此刻我的心
阳光打在脸上　叠印着的笑脸
悄悄引领着我温习昨天
人在途中　一步步
远离朝夕相处　那些
温馨的回声已经常驻心坎
也会偷偷甜蜜地哭泣
车在前行　恍惚中
琴声悠扬　炫目的光
将思念的紫罗兰　晃得
有些坐卧不安　而我
怀抱着那个紫罗兰一样的梦
战栗……

突然发现

有一天　突然发现
月亮一天天消瘦
这一定与我有关　却
与心情背道而驰
火焰突然喊痛
正好与我不期而遇
那时　就有预感
海水与火焰不再毫不相干
花好月圆是个传说
异床同梦牵手信马由缰
命定的缘分会乘虚而入
将一个名字　刻在
另一个人心瓣　情感沉沦
怎能无动于衷　也要
小心避免推波助澜……

今后的日子

这样的话题有些沉重
今后的日子蕴含许多未知
这只是设想　现在
坐在冬阳下　编织
那些美好的过往
涟漪　轻轻抚摸心头
情同初恋　舒展
渐渐苍老的眉梢
风　就在窗外徘徊
风的吟唱　某种暗示
远方依旧遥远　远方
会有许多的不能言说……

荡起双桨

河水流向远方　目光
在结冰的河床荡漾
双桨紧挨着船舷寻找方向
没有回应　千山万水
难以阻隔绵密的思念
此地突然回暖　语言酣睡
这是我神圣的感激
亲爱的人啊　不想你
真的是一件很不容易的事
泪珠粒粒饱满　只能
让泪水在眼眶内打转
想你的白天与黑夜
天空倾斜　走路倾斜
请不要笑我情痴　请
允许我静卧冰川等待春天……

这里下雪了

鹅毛大雪纷纷袭来
铺天盖地　你可以
想象那是我的吟唱
我的思念长出的翅膀
所有的颜色黯然失色
洁白的雪花　最轻的
那一瓣已追寻你的梦
在你的耳边呢喃　你
听见了吗　时间停下来
雪在飘　我的时空
被柔情的回忆填满
一片片的雪啊　濡湿
一寸寸相思的苦与甜
雪花啊　今夜那个人
给我的是最好看的背影……

绳子

2013 年的金秋　用
金色的光线　搓成
一根金色的绳子
突然捆住了我的双手
身体跟着倾斜　绳子的另一头
站着一个人　只是微笑
却蕴含不可抗拒的魔力
四两拨千斤　步步逼近
我被心甘情愿地俘虏
时间只是静静度过　绳子
越收越紧　甚至收紧了
我的自主呼吸　我只是想
这会不会是一根无形的
将要陪伴终生的绳子
不想摆脱　我不想成为我自己……

枕于幻想

安静　甚至寂寞
对此我早已习惯
你未出现时是这样
你的到来　似乎
没有多少改变
喃喃自语　枕于幻想
在自己营造的城堡里
让日子过得有滋有味
你的视若无睹　你的
偶尔的问候　都可以
成为城堡里孤独的风景
风和日丽　斜风斜雨
都不关窗外的世界
仅使我柔软的部位有些疼……

我不关心天气

不能左右的事情　很少关心
比如天气　阴晴圆缺
我都不能说了算　倒不如
睁一只眼闭一只眼
情感也是　等弄明白了
也许便是付出一生
但是　在天空下生活
又不能不看天的脸色
人是有感情的动物　多愁善感
会情不自禁　为一个人彻夜不眠
比如现在　说不想一个人
是在骗自己　一个幸福的人
时常自己折磨自己
那是因为遭遇了爱情的洗礼……

今夜　我在你的门外犹豫

日落前　我已经抵达
你所在的那个城市
陌生的感觉真的很好
寻访你　却选择
在你的门外犹豫
你的笑声　满天的星
这是另一个世界
将脚步放轻放慢
留下欢快的时间
在无边的寂寞里祈祷
蔓延无垠　不是雪花
我在吟唱里等待涅槃……

酒里有你的吻

为什么一滴酒沾唇我就醉了
红色的液体　红色的诱惑
酒里融入致命的吻
不露痕迹　暗藏波涛汹涌
身体在寒冷的空气中膨胀
梦想的花朵在酒中盛开
怎不叫人热血澎湃　你的吻
高天的流云　雪地的玫瑰
我的眼里满是海的影子
这是为我准备的　烈酒
红唇　眼神　淹没
我早已漂泊多时的心扉
绝不逃避　沉醉
这是梦里辗转了无数次的芳菲……

想在你的面前消失一会儿

现在　我想流浪
说得直白一点
就是想在你的面前消失一会儿
这会显得矫情　其实
内心想的却是如胶似漆
如梦初醒　活到这个份上
才会一笔一画写出幸福两个字
甜蜜　在时光中倒着走
春天就在前面迎候　而今
早已春心荡漾　一朵红花
让昏花的眼放出异彩
就让我流浪一会儿吧　颤抖的心
需要找一个地方静静地颤抖
然后　很干净地倒在你的怀抱……

真爱过

彼此都读懂彼此的毛孔
悠悠江水　将那份爱
洗涤得很白皙　你是
一朵白莲花　圣洁的白莲花
我必须　火一样燃烧
水一样沸腾
江水深处　我们潜游
浪花飞歌啊　浪花
伴随一江春水向东流
点亮渔火　将最后的
一件衣服留给大地
留给自己的是彼此的赤裸……

缺口

人生一辈子　就在于
想将一个圆画得更圆
其实不然　人生
是一个无法弥补的缺口
所有的情感只是一个点
情有不堪　相逢也是缺憾
情有可原　不是为了开脱
只是想将那个圆的缺口赋予香甜
都说人生如梦　梦在何方
梦在斟满烈酒的杯盏
今夜月缺　我也残缺
请拥抱我　我们
一起努力画好那个圆……

久违的感动

这个冬天因为有你
一切都显得丰盈
雾霾散尽　再见女神
褪下繁华的树叶
爆出新芽　一天天成长
奇妙的渴望跟着长大
此岸彼岸　不问方向
我们用真情织自己的网
依然易于汹涌
让人短暂窒息
陶醉取暖时的耳鬓厮磨
抵达与盛开　亦真亦幻
比源头的春天还要烂漫……

倾斜至深处

一阵大风刮过
两个人彻底失踪
只因为倾斜到深处
想不留下任何痕迹　却
发现　风过留痕
倾斜　很多的身不由己
很多的冀盼隐于深呼吸
你的微风　撩拨了我的头发
我的头发　迷乱了你的眼神
后来　快速减压
快速鼓起风帆　后来
太阳终于冉冉升起
倾斜　在水中深刻
也在水中演绎水深火热……

打开心扉

今冬南方无雪
你说你要去远方看雪
洁白的雪　是你
近半个世纪的童话
那是一片爱的净土
月照如水　寒冷结冰
你要冒险向神往的地方进发
我已经老了　不能陪你
在那片你魂牵梦萦的地方
扬起雪浪般的手臂
堆雪人　打雪仗
像个孩子　在雪地恣意纵情
我真的老了　但
请你取走我们最初的温暖
让我的心紧握你的心
用日夜闪烁的思念抵御严寒……

蛰居时间之上

江上风雨　一波未平
另一波席卷而来
蛰居时间之上　看
沧浪之水如何清澈见底
情与梦　鱼的悸动
一丝丝的欢愉和忧戚
迷人的禅语　只能颖悟
此时　只需一缕月色
便能徐徐打开心扉
倾诉　尘封的琴弦
牵绊于尘世的温暖
沉寂的清辉　冷
也许不是真实的写照
只是不能挥霍仅有的珍藏……

爱恋已是内心的全部

你是否做梦我只能猜测
想告诉你　此刻
爱恋已是内心的全部
怀想　飞翔的青鸟
在你的耳畔说着情话
情话里有走失千年的记忆
柔情如潮　欲醉不能
忧郁抚摸激情在今夜切换
沉静如礁石　迎候惊涛
你说过的话被大海收藏
海水　洗涤重叠的身影
深夜不眠　请留出
一条线一样的缝隙
让我像时间一样自由出入……

不忍睡去

得到明确无误的答复
却不忍睡去　睁着眼
看时针摆动得慢条斯理
衣服穿戴整齐　等待
并不切合实际的召唤
开始恍惚　一阵一阵的
熏风在眼前环绕
烛火摇曳　你的面容清晰
声音也是那样的逼真
而我　却在假设中不寐
自己诱惑自己　伸手
无法握住任何东西
想邀你跳一支舞　椅子摇晃
音乐突然如诉如泣……

想将你想象成一块蓝印花布

喊你的名字时
会忘记你的性别
于是　想将你
想象成一块蓝印花布
说不出缘由　也许
与天然去雕饰这个词相连
你偏爱深色　偏爱质朴
恰似江南那场绵绵的春雪
内心开着红梅　一朵朵
在丝绸一样的肌肤盛开
而你的欣然绽放　将
我千年的枯萎激活
现在　我已经成为
你蓝印花布上的蓝
是你梳洗打扮之后的那种软……

明亮

白天　在明亮的房间里
沉湎于暗夜的驰骋
和风细雨　只是描摹
想象一只蝴蝶飞过
来不及转身　空荡
将时空挤压得喘不过气来
高山峡谷　回荡着
我能听懂的声音　语言休息
独自抵挡汹涌而来的时间
无需叩问　在冬天倾斜
在春天理解倾斜　沉沦
会有诺亚方舟承载
一座海洋沉静　海面上
躺着两枚形状相似的叶片……

欢愉

就在眼前　音乐低回
飞鸟在远方传达音讯
欢愉　一个音符
在水面连续跳跃　水花
涌动的眼神发展曲折
我不想说出悲悯　心心相印
水中的月儿不停地摇晃
抒情　靠近迷幻
也许真的需要鸦片迷醉
嚼着橄榄　想在
苦涩中慢慢品味一丝丝的甜
抽丝剥茧　我怕鲜血淋漓
光阴一闪而过　一同
一闪而过的还有一枚身影……

朝圣

放下电话　傻坐了一会儿
看白色的天花板昏黄的灯
音乐舒缓　梳理紊乱
眼前一条河流不知如何转弯
躺在河床上　等你
紧挨着我和我说说话
你不来　仿佛一切都成了浮云
悬在空中　这会不会
是我应该品尝的幸福滋味
夜晚的旅途好长　好长
仅仅只是隔着一堵墙
夜　开始失眠　我
陪着失眠的夜守着时间
让失眠的身体享受孤单……

风不静

褪去枝繁叶茂　老树
只想安安静静地冬眠
突然刮过一阵南来的风
而且是持续地刮　柔柔地刮
风　想将老树连根拔起
老树努力抗争着　想
不动声色　想安静地休眠
风　一个劲地刮不分白昼
老树的枝干开始动摇
老树的根　忍不住
在泥土的深层蠢蠢欲动……

谷底

从高高的山上跌入谷底
我不是鸟　慢慢滑翔
一下子坠入深渊来不及回神
在冬天说清凉是一种病
房子的影子不希望拉长
那些快乐的回忆　却
等待被拉长且加宽加厚
就像现在我很冷　而你
将你的门关闭得很紧
空气不能回流　春水
就会变成死水微澜
想邀你一起在冰面上叫喊
一起　将那个
叫爱的字拧得更紧……

回避

假如现在下雨　我
撑着一把伞等你
你会不会　毫不犹豫
依偎我一起看雨　看
天上的虹上帝的仁慈
北方少雨　让人痛楚
你我来自南方对雨情有独钟
幸福离不开雨水滋润
喜欢在雨中将你反复阅读
忘不掉　一起走过的路
一起拥有的温情与虚度
回避　让日子空耗
走远的日子已经走远
剩下的逝去正在逝去……

微风轻抚

太阳还没下山　开始做梦
微风轻抚着发烧的脸庞
突然唤醒了什么　却又不知所措
在下午　无聊占据身心
忆及你春水一样的背影
心中便涨满一池不安的秋水
窗外的水早已冻住往事
灵魂开始不安　灵魂
更渴望深层次的紧紧相拥
很想呈献火焰　而你
呈现的却是不冷不热
夕阳一片金黄　日子严峻
没有纷飞的落叶点缀寒冬
假如有雪落在心头也不会消融……

冬天邀一个老者对话

月光在脚下漫游
冬天邀一个老者对话
有个声音在飘　陌生
却又是那么熟悉亲切
飘了一地的黄叶不知去向
老者在树下踽踽独行
他想捡拾一枚记忆
他已经不需要躲雨
声音在飘　老者闪着泪花
此刻　他翘首期待一个人
一个让他魂牵梦萦的人
搀扶着他　在熟悉的路上
寻找那些点点滴滴的温馨……

最初的战栗

就像一粒痣　在唇的上方端坐
最初的战栗对于唇
已经是无法磨灭的印记
虽然如今的唇不再充满弹性
曾经的满园春色　曾经的
幽深的绿意　瞬间的闪电
会一直延伸到生命的尽头
请求将那个醉人的瞬间留给我
温暖我无关紧要的叙说
以后的日子　也许
我要靠最初的战栗　延续
生命的荒芜　多情的年轮
亲爱的　请允许我
在夜深人静时　抚摸
唇边的痣　在痣上
寻觅你残存的柔情蜜意……

午夜之后

常在午夜之后　将自己放逐
音乐将我载向遥远的国度
活着　活着真好
在活着时细数那些柔软的邂逅
常常喃喃自语　你在与不在
我都是这个样子寻找安慰
常常在你的声音里解读感动
无法自控　那是不能医治的痛
只是有时不免遥想　不免设问
你的心房里会不会有些微的呼应
亲爱的　山穷水尽后
我还会在相遇的地方等你
在午夜　在浪花卷起千层雪的午夜
将逝去的向往的汇成河
一条延绵不绝的情感河流
让我们荡起双桨清唱你谱写的那首情歌……

不眠的绝响

海　总要沉静下来
多年后　假如我们重逢
会不会找到当初的冲动
你来到我的身旁　一生中
难忘的时光在血脉里徜徉
在你的身边　可以睡得很熟很甜
这些就成了夜晚不眠的绝响
会缠绕许多年　坐在
黄昏的椅子上　流连不再是一杯酒
而是浑浊的泪水打湿的回忆
那些夜夜的寂寞　夜夜的空旷
属于我　属于无法遗忘的情感……

发现

从高峰滑入低谷
睡眠该是最好的飘摇
“陪我说话”　这是
无法抗拒的“毒药”
喃喃的话语打动了夜晚
夜晚依偎在某个角落微笑
浅浅的鼻息　浅浅的睡意
融为一体却乐此不疲
呼吸簇拥着呼吸　就这样
不可思议地越陷越深
黎明静悄悄　黎明
开始进入睡眠的领地
内心的波澜　以
鼾声的姿态出现
鼾声里　似有意犹未尽……

火车的鸣叫

鸣叫了许多年
火车风雨无阻
一个人的旅行
会是多么的寂寥
上车　下车
与火车的鸣叫无关

想以什么为题
抒发迷失的音信
带给的万般迷恋
遗忘　多么可怕的毒药
该不是刻意留下的迷局
天亮了　下不下雨
都与悲喜无关
命运也许解不开玄机……

在春天的床上

将自己的身体折了又折
打包寄给你　请放在
春天洁白的床上　身体
被细雨吻过一遍又一遍
浸满暗香　此刻需要的是
你将自己浸透春雨然后抱紧我
抱紧我　一场预谋很久的风暴
不再顾影自怜将各自的心掏出来
不用担心被点燃　焚烧
那被相思漂白了的头发
春色在怀抱鲜艳　躺在床上
此岸彼岸早就没有距离
长满翅膀　我们和春天连在一起……

习惯

想入非非是一种习惯
思念一个人　一瓶烈酒
相思成灾　成病　成痴
却又痴心不改面带笑容
想象她银装素裹是一种意义
勾勒西施出浴是另一种意趣
起初和她保持一墙之隔距离
继而是两步的间距　再后来
慢慢地消融刻意设置的距离
从谈论生活开始　谈论命运
情爱最终成了绕不过的话题
追逐一个人最后被她打倒在地
快乐就碎成了一地的月色……

第三集　甜蜜与忧伤

甜蜜

今夜不眠　等待
纷纷扬扬的雪席卷而来
你能赠予我的会是什么
我愿意像一个孩子
在圣诞夜　等待圣诞老人
驾着马车驶入我的梦乡

如果你来　请在黎明
用初阳的体温抱紧我
手中的红烛　正
一滴一滴溶化　那不是泪
也不是相思的雨
渴望一场雪　一场
真正意义上的雪　坐在雪地上
等待雪花将我掩埋　而你
将我雕塑成童话里的雪人……

爱情经过梦里

梦还没有熟透
爱情经过　梦熟了
爱情却迅速逃离
掏出自己的心
爱情已经转过身
留下的身影走不进梦里

不知能不能发生奇迹
让梦留住擦肩而过的爱情
虽然这不是全部
却是生命中极其的脆弱
情感的触角　请不要麻木
请赐给我灵活的手指
我想画出梦里的爱情　以及
梦里始终醒着的每一次喜悦……

看风景

想在雨季邀一个人看风景
桃花未开　油菜花正在孕育
不知你来不来　我在路口等你
哪怕花儿开了再败　每一瓣的花儿
都吟唱过春天的故事
说不出暗香的味道　也
说不出风景的美妙　如果你来
你会成为风景中的风景
而我　虽然早已过了追风的年纪
我愿意为你疯狂　因为
再不疯狂我们就真的老了
世上最难买的就是后悔药啊
我会一直等你　等你
一起看最美最美的风景……

在此岸遥望彼岸

说好了不准睡觉
你必须陪我说话
说着说着　你就进入梦乡
你在梦里微笑　我
在梦外看你甜蜜的样子
鼾声如雷　在无边的暗夜里
回味惊涛拍岸　独自
确认这突如其来的幸福
你的背影湿润　一场雨
下得酣畅淋漓也非常及时
没想到天荒地老　也
不需要铮铮如铁的誓言
此岸与彼岸　交给思念
交给不会说谎的时间精心打理……

深邃的河流

一直想打开你的眼帘
两扇暗含哲学意蕴的窗口
藏着秘密的花园
轻弹着露珠的晨曲
想到了深邃　入夜的河流
起伏回归宁静后的睿智

当你的眼睛洞察了生活
便将生活交给诗歌
而诗歌承载了生活的重量
眼眸　内心的道路
常常掩饰得天衣无缝
但惊鸿一瞥　难掩
你的喜悦你的温柔的孤独

你用眼睛度量世界
世界在你的眼里变得轻盈
化繁为简　世界只是一幅画

你谙熟留白的妙处
目光坚定　却柔情似水
流逝的岁月被你的眼睛筛选定格

你的步伐是你眼睛的写生
顺其自然　你的眼睛
从不欺骗自己的心声
阳光明晃晃照澈心扉时
你的眼睛放射光芒　穿透
平庸的世俗飘浮的灰尘
直抵自己的内心深不可测

你的眼睛如炬　却
洁净素雅善良幽深
当我与你的眼神交流
仿佛自己也通体透明
无法抽身　皆因
你的眼睛投射的波光
赐予我莫名的惶恐与感激……

一个人听雨

就这样坐井观天
就这样一个人傻傻地听雨
听雨　只是想听出某些暗示
看天　乱云飞渡　此时的我
坐在天井的一角　捧一壶茶
像地里的土豆一言不发

天　开始暗下来　雨还在下
心情被雨水不停敲打
想心静如水　想波澜不起
可是　遥远的江水尾随着风
在狭小的院子兴风作浪
我只好躲进书房　用书香
抵挡江水的一浪高过一浪
飞流直下　古诗的意境
弹奏内心久久掩藏着的萌芽……

拨亮油灯

原以为　你的耳蜗
一定会刀枪不入
蜜蜂嗡嗡　蝴蝶翩翩
甜言蜜语　反复
与你的耳蜗亲密接触后
发觉幸福需要放慢速度
简单的循环　乐此不疲
无需察言观色　坚信
愚公移山定会出现效果

倾听　会让夜晚变得浪漫
耳蜗不会说话　眼波
会将耳蜗的情愫表白清楚
说话　是一种体操运动
但会有风险　你很聪明
只让你的耳蜗参与体操
可是　耳蜗有情有义
会在合适的时候偷偷下雨

窗外的星星都知道　耳蜗
其实是心脏最忠实的伴侣

一天又一天　光阴流失
耳蜗也会一天天老去
需要彼此依靠　需要
另一双耳蜗相互取暖
耳鬓厮磨　多美的画面
手牵着手在夕阳下散步
这是我描绘了许多次的场景
也是我想攥紧的小小的心愿
对于你的耳蜗　我愿意
唱出最美的赞歌　遥遥聆听
暗夜里　我是你虔诚的守望者
拨亮油灯只为你闪烁……

春天长得很好

一只蝴蝶　飞入花丛中
春天长得很好
油菜结籽　桃花谢了
我的脸庞　比月亮晦暗
却被鲜花环绕　要下雨啦
被雨抚摸的皮肤更加鲜亮

一只蝴蝶　想设计自己的爱情
可是　却不知爱情的含义
花很艳丽　花会枯萎
蝴蝶的旅行遥无归期　一阵风
吹过了花期　我在水里
岸上的芦苇又长高了一点
春天长得很好　我
也想得长很好　就像现在的月色……

幸运的鱼儿

你的唇　说不出的性感
总觉得与我的血液有关
火焰的味道　穿墙而入
你的唇是“罪魁祸首”
那些日子的失眠事出有因
特定的时空里　你的唇
无疑是一张柔情的网
我愿意在网中央快乐挣扎
血色的唇啊　卷起旋风
我是漩涡里一条幸运的鱼

一直都对唇保持警惕
无论是睡梦还是清醒
然而　你的唇
迷情的药酒　腐蚀了
我的意志　我的唇
我的舌　我的牙齿
统统成了你高贵之唇的俘虏

心甘情愿听从你的摆布
你的唇　成就了我的缺与圆
我的胸口鼓胀着滚烫的火

从此　我的唇一直醒着
期待迎候你的唇
激情碰撞　不要停下
急促的呼吸里让汗水说话
骨肉贴着骨肉啊　吻
怎能不在心上刻下醒着的痕
这会不会是一个伤口
你的唇　冒着火焰
我早已赤裸着身体
等你来为我持续疗伤……

思念是空荡荡的

坐在椅子上　思念
是空荡荡的风　一只猫
在想象中回到身旁
那些假想的梦　呓语般的复活
我喜欢用复活表述思念
复活时的单纯　直接
具有很强的真实性　并打动自己

怎么可以是空荡荡的呢
往事如风　风也是有生命的
那些纯粹至真的回味来之不易
小小的忧伤　小小的欣喜
淅淅沥沥的春雨　贵如油啊
安静待在某个角落　微闭双眼
此时的肉身真的空荡荡
飘飞的魂灵不会迷失方向……

浓烈的火焰

你的声音　汁液饱满
聆听之后便失去了自我
或许　那是因为久旱的缘故
说不清缘由　成了
你最后的知音　一方面
被你的声音吸引　另一方面
忍受了你的拒绝——肉体的距离
你的声音　巨大的磁场
无法抗拒却又情愿被诱惑
缤纷的世界　我只信任我的直觉

与你在一起　我是个患者
你的声音　是一种慰藉
奇妙的暗示显示出妙手回春
聆听你的声音　不紧不慢
抚摸的弹性妙不可言
不知为何　突然想到了柔软
想到了台风就要袭来

从此　生理和心理
对你的声音除了渴望　更
增添了不可替代的依赖

不管你今后如何选择
我已经决定　将你的声音
刻在脑海里并与我的声音嫁接
我会记住你的唇　你的舌
你的声音吐出的浓烈的火
不可复制的不仅是你的声音
你的柔软你的坚硬你的纯净
你的声音　有声的催眠术
请将我捧在你的手心　一辈子
听着你的声音愉快地慢慢老去……

不安与躁动

想不思念你的舌　很难
你的舌从不说话
却最有发言权　声音隐匿
你的舌将我们从桎梏中解放
时光之床　快乐无法比拟
当我们在风口浪尖搏斗
你的舌隐于身后　却
默默地为我们助阵加油
我们失去自我　我们
醉入其中　却
忘了舌这个最大的功臣

你的舌　一如既往
从不埋怨也不抢功
见证我们的幸福之后
依旧甘当无名英雄
当你咬紧牙关时　你的舌
会紧紧贴着牙根　此时的你

便充满了力量和自信
千转百回　绽放于舌尖
已知的和未知的　一起
与舌尖碰撞出璀璨的火花

不安和躁动　都与舌有关
你的舌却不显山露水
也许是历经了太多的生命体验
需要沉淀　需要掩饰激情似火
其实　一座火山
早就埋伏在你的舌根
你的舌在等待时机　等待
能与之匹配的知音过招
你的舌　于无声处听惊雷
我愿意追随你的舌　摇曳　荡漾……

最好的礼物

这会不会是最好的礼物
你的腰肢　盈盈在握
会留下花开的吻痕
于不经意间呈现欢喜
你的腰肢　会让
很多的同类充满妒意
在人群中　你的腰肢
忍不住溢出孤寂　那是
因为一枝独秀　因为
曲高和寡　这些都不言而喻

你的腰肢　三月的柳枝
飞絮扑面的感觉
只属于绝对的少数人
柔软的腰肢　轻触的神秘
仿佛一片云在腰际游走
扭一扭　不想错过花期
有人幻想结伴同行

当然　先得要找出好的借口
眼睛追随你的腰肢
怀里却装满了恍恍惚惚的心事

如今　你的腰肢
已经成为一道风景
常在一个人的眼前晃悠
恰似一坛美酒将一个人灌醉
你纤柔的身影　虚掩的门
都为你的腰肢作铺垫
你的腰肢　已在
一个人的梦里扎根　除此之外
再也找不到更好的词语
来形容你千娇百媚的腰肢……

花蜜

将你拥抱得很紧　你的美
在指缝间呻吟　你的花蜜
浓烈　谁来安慰我的忐忑不安
将你抱得更紧　你的笑容
浅浅地描摹着黑夜的秘密
手指在你的腰际　传递
某种不能言说的战栗
谁　安排了我们的相逢
又是谁　在平静的水面
激起久久不能平息的涟漪

你的美　找不到恰如其分的词
不是沉鱼落雁　也非闭花羞月
却叫一个人情愿为你自投罗网
为你着迷　为你在暗夜举着烛火
甚至自甘堕落　纤弱的你呀
你究竟有着什么样的魔力
很长一段时间　你迟迟

不肯赐予我靠近你的秘笈
你像春天　无边无际的熏风
我怎么可以错失发芽的良辰美景

我不愿意从时间的深渊折返
跟着你　让我的疼痛
持续晕眩于你的美　你的美
在冰雪与火焰之间架起一座桥
选择了你　无路可逃
我已经选择了放弃治疗
一盏灯　将后半生照亮
我愿意呈现给你最纯洁的赤裸
你的美　洞穿了我身体的惊悸
我的灵魂因为你早已百孔千疮……

柔软的绳索

黑白分明　花纹在黑白相间处缄默
你送的这条围巾有不可揭示的隐喻
那一日　北京的秋阳出奇的好
瓦蓝瓦蓝的天空只剩下白云在飘摇
我的身体　因你的围巾眩晕
逼真的潮湿在心中卷起浪涌　只是
那时我不好意思说出口　唯恐
因为我的唐突将秋水般的情感吓跑
那天　你的笑容特别美
我的笑声很脆　像太阳燃烧

你的围巾　冬日里的炭火
由此联想到的暗示和暖色
当然　也愿意想象成绳索
柔柔的牵引着无家可归的怀春
你在前面舞动着　我是飞蛾
奋不顾身扑向你火焰般的怀抱
我愿意化蝶　奔赴你的召唤

冬天的表情因为有了围巾的装点
变得暖意十足　我的年龄
开始一点点锐减只为匹配一见钟情

爱情路过北京　你的围巾
随风吹拂在空中画出一颗心
蛰伏于睡眠深处的心脏
忍不住蠢蠢欲动　致命的爱
在冬天醒来　也在重围中长大
来不及分辨是不是发烧　我知道
那时真的病得不轻直到现在仍未痊愈
此刻　你的围巾在暗夜散发光和热
我不想说出赞美　那是燃料
一条黑白相间的围巾让我拥有骄傲……

总是在想

生活里的那些意料之中和意料之外
表达着什么样的宿命　求解
有许多的不解正在身后排队
一只飞鸟　突然从空中坠落
拍拍翅膀　又一跃而起
此时的景物被抽空内涵
突然失重　突然感到不安
看不清苍天和大地真相
我的额头覆盖着皑皑白雪
一朵雪莲　思想的花瓣昏昏欲睡
融入土地　蚯蚓在黑暗中歌唱
我将心深埋于贫瘠的土地
听见我的歌声了吗　你在彼岸
此岸有不言而喻的琴弦任风雨敲打……

如果什么都没有了

我还能做什么
如果你告诉我　什么
都没有了　我该怎么办
山重水复疑无路　花没有开
何处显现柳暗花明
想去看你　虽然很方便
却有许多的不方便
你懂的　我的苦楚
没有地方倾诉　唯有
以酒当歌　酒不是良药
常在无人处想你的怀抱
你的怀抱若隐若现
我知道这是命运　妹妹
既然命运让我们相遇
我对你的爱　不离不弃……

你永远是主角

我不知道　这是不是你想要的
你是鲜艳的花朵　我是
依偎在你身旁一株无人知道的小草
你是旷世奇珍异宝　花朵绽放
我是一枚绿叶衬托花朵艳丽
就像暗夜里的星星围绕月亮
生命会有尽头　而我
对你的爱无穷无尽　不要拒绝
一切的一切都无济于事
别说你已经赐予我第三只眼
我却不能赐予你四季开花的果园
亲爱的妹妹　此刻
你是否入睡已经不重要
你的梦里　有没有我想要的汪洋……

假如我是一张纸

我突然发觉自己真的老了
一张纸　在风中飘摇
哪儿可以停留　风也不知道
我知道　那些属于我的
正一点点消失　一点点焚烧
那些都是我生命的一部分
我曾想好好珍藏　但是
我做不了主　每时每刻
在一首歌里慢慢变老　认识你
我发现自己被照亮　可是
照亮过度后就变成了笼罩
你不一定在意我的感受
这却是你的馈赠　很多时候
我是不是有些不合时宜
我很渺小　但我清醒
在酒酣之后的幸福表达……

我想画一双翅膀

我想在太阳下画一对耀眼的翅膀
你说　那是痴心妄想
永恒的海洋　永恒的情爱
都是我孜孜以求的梦乡　请不要
让我在梦中醒来　我愿意
被你征服　被你深深地爱着
我的眷念一如既往　一滴血
多么神圣的瞻仰　你还记得吗
风的追忆　我的苦恋
悬崖上的冰山雪莲　请剖开我的心
每一根血管都烙上属于你的印记
此刻　我的灵魂不属于我
有没有不可抗拒的力量　一把
雪亮的刀　就插在我敏感的心脏……

想着在某个遗忘的细节里醒来

这一生　不知走过多少路
有多少路能留下深刻记忆
那些遗忘的细节　晨露
朝花夕拾　只是杯中没有想要的酒
昏昏欲睡　多么好的状态
就像一列飞驰的列车突然停下来
墙上的钟　早就停止了摆动
有时　命运就似停止了摆动的指针
絮絮叨叨的时间呀　什么都是空的
如何能坦诚面对空荡荡的风
想着在某个遗忘的细节里醒来
假如醒来　有没有回忆
有没有人　与我一起
在遗忘中忆及当初的欣喜和慌乱……

让月色照亮缺口

春天的眼睛被雾霾遮掩
月亮的光芒很遥远　想
摘取一朵花蕾给缺口些许温暖
四月　无人交谈的四月
依旧鸟语花香　白云悠悠
乡下的空气很好令人心醉
青草的腥味很浓　胜过
那些千娇百媚的眼眸
洗净双手　洗净泪流满面
一团亮光直逼胸口　放下执着
贴近草根呼吸　然后丈量
一条路的距离和一张脸的尊严
点燃一支烟　燃烧冰凌
让火焰喊出金属和骨头的声音……

一条河流

一条河流　延绵几千里
每夜在你我的梦里穿越
雨季来了　湿润的感觉
不属于我们　陌生
或许是我们对雨季的诠释
可是　我们都是鱼
渴望在河里畅游
浪花飞溅　我们快乐地追逐
在浪花里保持光芒四射
今夜　我想告诉你
青春易逝　夜晚的昙花
盛开期很短　就像
一条奔腾的大河
也会有干涸的时候……

平衡

你的眼神　静如秋水
假如没有风
或许此刻我能找到平衡

却发现我坐在秋千上
摇晃的不是你
是一种颜色
引起的连锁反应

忘记了时间
因为凝视
一弯月　你的嘴唇
笑容也可以成为武器

你的长发
静静垂下　安静的背后
似有惊雷在不远处
雨纷纷时
我想　该为一个人
魂不失守……

渴望

许多年前　一直梦想着
有这样一双眼睛　看着我
看得我有些心虚　有些灼热

许多年前的渴望
其实一直在你的眼里闪烁
在我的心底躲藏

我常常傻想
如果你亲吻我
我会不会像个孩子
伏在你的怀里痛哭一场

没有风　你额前的发
已经飞扬　那是帆船吧
我该出发　现在
我却显得有些慌乱　无助……

侧目一笑百媚生

眼角上挑　长发遮掩眉梢
你的侧目　蕴含着说不出的美妙
这该是月光下
最美的花朵　淡淡的香
沁入心脾　圣洁的歌
自我的心窝飞出
微微上扬的唇　是个暗号
我想抚摸你的眼神
愿意迷醉　愿意
在你的怀抱找到战栗的笑
你什么都没说　此刻
我多么想成为一只鸟
你的笑　会成为
一点点汹涌而来的潮……

我愿意为你好好活着

一天天老去　我
愿意为你好好活着
见与不见　彼此
都是对方的心跳
小小的渴念　小小的雨
滋润不死的灵魂

从一开始　就
不需要任何承诺
我有悲伤　上帝也有
但你的笑容　你的问候
会让我的伤口开满花朵
我不会伪装　今夜
我想表白　为了你
我一定会好好活着……

身后的花朵

春末夏初的某一天黄昏
阳光的余晖洒在脸上
你目不斜视　朝向远方
身后的杜鹃竞相怒放
那是你的心潮　每一瓣
都写满你的缱绻
柔情似水　树木葱郁
一阵凉风掀起微澜
轻轻合拢的嘴唇
没有吐露半点心思
有人读懂　月色承载月色
呼吸隐入草丛
一粒种子欣喜　海水之上
鱼水之欢被浪涛簇拥……

请发出声音

请发出声音
你的真情告白
对一个人非常重要
虽然早已明了
因为　那个人
需要这样的养料

请允许微闭双眼
聆听来自远方的妙音
就像此地绵绵的秋雨
润物无声　有型的感觉
已经浸入骨髓
我喜欢这样的色泽
迷人的　有点炫目
突然冒出一个想法
我愿意做你身后的那些石头……

挡不住的优雅

你的面部表情
想找一个词来形容
许多词语躲了起来
身后的那个图案
神来之笔　仿佛
一个人悄悄尾随

没有约定　却
又似前生早就安排
路　整洁得一尘不染
心境如水　你想滴水不漏
淡定的表情
像是发现什么秘密
光栅隐约　步履轻柔
你的机密藏在嘴角……

水到渠成

你的仰望
也是我的渴望
脚下的水
似乎不起波纹
水到渠成
像是一个填空题

那些倒影　那些
微风中的摇晃
一亩方塘　勾兑
半亩愁情　暗涌的
不是潜伏的水流
清脆的何止秀色可餐
我看清了　那一汪水
也在等待一叶归舟……

依靠

有些累了　假如
此刻你能给我坚实的胸膛
可是　我知道
这样的想法多次在心头过滤
苦涩中的甜蜜
是一个不完整的句号

语言太过肤浅
想象又太过虚幻
许多的纷扰
时间绕不过　时间
沿着自己的河流前行
你在我的梦里酣睡
我也会在你的梦里笑醒
有情有义　都含在你的明眸……

斑驳

我不知　能不能
将斑驳这个词和痛连在一起
想你的夜　许多虫子
爬满心头　遥不可及的距离
爱的轨迹很执着
牵挂与思念　两条蜿蜒的轨道
火车总是错过了
雨中的剪影留给黑夜

命运　总会安排
偶然的交集且无法回避
短暂的美丽相遇
会让人用一生的回忆补偿
咀嚼　已变成习惯
发现自己一天天变老了
变老的枝干上　斑驳
会无声无息长出嫩芽
原来　时间并不能包医百病……

如风随影

风　围绕着你的身影
你有没有感觉到
一个人的呼吸如此熟悉
我的爱人啊
假如此时时光停下来
你可不可以
赐予我一段香甜的睡眠

请尽量放慢你的脚步
白色的诗篇
粉色的流连
黑色的瀑布里
隐藏着完美的花季
你的微笑　深锁着
一个只有我能读懂的迷局……

听见海的涛声了

那一夜　没有下雪
外面很冷而室内很热
仿佛许多鲜花顷刻绽放
一个人脸上泛出红晕
少女般的情怀
在寒冷的月夜流淌

海的涛声　亢奋
多情的唇　为一个人
医治好遍体鳞伤
入微的温暖
让他想到了饥渴
现在　他听见海的涛声了
走了好长好长的路
他累了　想被浪涛卷走……

苏醒的门扉

你　倚门而立
身后的那些古砖
都活了　历史
不一定都是冰冷的
苏醒的门扉
有着异样的喘息

你的笑　用妩媚形容
未免太俗太轻
皓齿明眸　映衬
月上柳梢的扶摇
红唇　暗示的暖色
使脚下的路变得清脆
景物生动　你的心跳
准备迎候暖暖的召唤……

一只青鸟飞过

你的视线
被一只青鸟牵走
你幸福的模样
青鸟会告诉
远方守候的那个人
他会慢慢分享
此时的轻　此时的柔

海水的绿
天空的蓝
都在你的心里荡漾
你的翘望
透明的甜蜜
写在脸上的摇晃
海是一面硕大的镜子
燃烧起一片阳光
让素洁的身体
开始躁动进而暖和……

迷人的方向

绿荫遮掩的小道
指引着迷人的方向
光线铺陈的剪影
你的内心的真实写照
走几步　然后停下来
想让炎热的心情
能够和知了同步歌唱

河水流进山谷
前方的路
呈现春天的景象
你的发　你的臂弯
有柔柔的风吹拂
而你的帽檐　藏有
另一个人想知道的秘密……

相映成趣

我们刻意保持的距离
被阳光给浓缩了
挨得那么近　那么近
彼此的心跳
合着一个节拍
那个心形的图案
隐藏着许多真挚的情感

看不见眉目传情
被阳光溶化
包裹得很严实的心事
在地上游走
风　吹不散
所有的爱恋在此刻定格
而心中的祈愿正悄然绽放……

那一年的雪

回忆开始迟钝
那一年的雪花
早已经在某棵树上结籽
今年的雪花
正在秋阳的怀抱酝酿
我想揭开帷幔
揭开一个人成熟的表情

雪花飘舞的夜晚
来自某一个人的眼泪
渴望赤裸　渴望
一个人在海中淹没
月夜的雪白　我
不敢在月下吟诵
可是　雪花早已溶解了我的执着……

静水之上

不要跟我说今生
来生　更是虚妄的谎言
我只是明白
我们已经错过了许多年
遥远　不是一个名词
有许多的感慨
一直在心中翻江倒海

也许　因为命运使然
可是谁能说明白什么是命运
一条小船在风浪里航行
我不是出色的舵手
那些坠落的激情
那些挣扎的枉然　静水之上
那轮明月啊　我的泅渡
常在猝不及防中沉沦……

坐怀不乱

夜幕下的风景
只能用心体会
时间　一个词
分分秒秒地走动
让一个人的脉搏
不由自主地改变节奏
呼吸　最明显的晴雨表
一个人的酒窝
蓄满了欲罢不能的美酒

轻轻地叩门
然后是一阵清风
晕眩　一道彩虹
房间顿时溢满春风
被缩短了的思念
却演绎着悬念
很近　很近
近到没有距离

弹性　饱满
这都是要人命的利器
更不要说那有点暧昧的笑声

你走了　那道彩虹
还在房间内闪烁
我该怎么办
意乱情迷的眼神
挥之不去的牵魂落魄
此刻　紧紧地包围
窒息　最贴切的场景
如何才能突破重围
让宁静的夜晚恢复宁静
然后　心静如水坐怀不乱……

蓄谋已久

也许是闸门关闭得太久
等候　一个很难熬的词
仿佛界碑横隔一条河流
没有舟楫　两岸近在眼前
不会泅渡也就成了囚徒

那一刻相遇　命中注定
无需太多的假设和铺垫
醉了风儿　醉了杨柳
真正陶醉的正咬紧牙关
天旋地转　那是天的安排

潮湿　这个词语
在特定的时空
被拧出很多的喜悦
喘息　不知
该定义生理反应还是化学作用

一条河流　需要
一支船桨来回晃悠
诱人的葡萄　指尖
柔柔的弹力拨弄
琴弦乏力　琴渴望散架……

一场雨下得不够透彻

乌云密布时
太阳躲了起来
太阳预感到
要发生某些大事

大雨倾盆
斜斜的　邪邪的
地上溅起的水花
是最美的壮丽

云开雨散
太阳笑了
太阳抖落了晕眩
大地却有些泥泞

先是赤脚
小心翼翼
然后赤身裸体

雨　来得快
去得更快
肉体刚被挠痒呢
肉体依旧干渴……

期待

光线洒下来　淡淡的
像一阵细雨　微风是我的思念
一切都是透明的
我的心　等一个人打开
可是　我的心
已经飞翔　飞向远方
多少年过去了　爱情
消损着我的青春
我的生命似乎不属于自己

我应该放下许多
放下那些不能左右的
夜晚　见证了
一阵风过后带来的雨
欲望　长在骨头上的灵魂
却让骨头不能安生
海水呀　你的泛滥
可是我真情的泪水斟满……

远山呼唤

背后的石头裂缝
不是风吹的缘故
我常在这里眺望
远方的那叶小舟
为何迟迟不见踪影
潮涨潮落　恍惚中
草　由郁郁葱葱
开始渐渐枯萎

光阴紧迫啊　我们
没有理由让时间变老
生活每时每刻都在沸腾
千山万水　怎能阻隔
我对你的思念
一切都能溶解　春天
我的歌声一日复一日
期待奇迹出现
你的应和　空气中
盛满的湿润的呼唤……

风在途中

真想是一枚光影
尾随你寸步不离
你的微笑　风跟着开放
你的隐秘让人软弱无力
微醉的喘息
那是幸福的疼痛
小鸟依人　一场
来得快走得也快的雨

回忆　迷失在雨雾里
饱满也需要浇水施肥
干涸的禾苗
时常期待狂风暴雨
想起了雪和月光
想起了酒精勾兑音乐
藏着的两颗心　打开后
就再也无法面对失眠……

月亮从背后升起

你看　握锄把的手
在琴弦上拨弄
这样的弹性让人无所适从
下一场雨吧　神谕
大雪孤独　我的情人
来吧　请不要如临大敌

月亮从背后升起
月色点亮一个人嘴唇
时间拥挤　时间
已经无暇顾及疼痛
饥饿　多余的不可思议
密封的房间也有风
手指开始怀旧　手指
在收割的季节画饼充饥……

影子坐在中间

透过阴冷的雨丝
看见明亮的阳光
影子　坐在中间
相聚被拉上了窗帘
时间幽暗　突然
喜欢上某种事物

听见自己的心跳
有些异样　你没说
我也无需掩饰
小小的梦幻开始舒缓
风是温柔的怀念
细微的颤动里
倾听各自内心的困惑
并思考流逝与永恒……

忧伤

昨日的风和雨
将忧伤的天空
擦洗得很干净
天空的蓝　让人
忍不住想流泪
站在天空下　飘浮
仿佛找到了归宿

喜欢被暖风吹拂
遥远的黄昏　很安静
我的呼吸一样的颤音
怀揣余温　凝视
手抚摸过的琴弦
弹奏一曲高山流水
等另一个人　一起
站在蓝天下发呆……

后记

在黑暗中与孤独牵手

郑天枝

孤独，会是每个人必须面对的朋友，不管是谁，你都无法赶走这位常常是不请自来的朋友。

与孤独牵手，尤其是暗夜里最寂寞的时候，与孤独手牵着手，说说心里的话，痛苦的、快乐的，都不妨向它倾诉；孤独会是最忠实的听众，更不会饶舌、甚至出卖你。

一盏孤灯，柔弱的亮光，很温馨的那种，给你寂静的同时，也给你漫无边际的回味。微风吹拂，灯光的影子，会是很温柔的那种，让你的心多一些似水的柔情。与灯光对视，默默无语，却又一言难尽……这样的氛围，需慢慢体会。

我们每个人都是孤独的，上帝也是。每个人的内心世界，都会有孤独的波澜暗自汹涌；越是精神生活丰富的人，这样的感觉就会越加强烈。生活得越简单，孤独的感觉就会越少，这是一种很有趣的现象。

有爱的生活，无疑是幸福的，因为爱可以化解许多的无奈；然而，爱不是万能的，爱在很多的时候，也不能消除精神生活中的这种孤独。

几年前，我曾读过英国医生安东尼·斯托尔所著的《孤独》一书，受到过许多有益的启示。在这本书中，他揭示了孤独在人生中的价值，其中也包括了孤独的心理治疗作用。他在这本书中，在肯定人际关系的价值的同时，着重论证了孤独也是人生意义的重要源泉，对于具有创造天赋的人来说，甚至是决定性的源泉。那些具有卓越成就的人，无不是在黑暗中快乐地与孤独牵手的人。

“有无独处的能力，关系到一个人能否真正形成一个相对自足的内心世界，而这又会进而影响到他与外部世界的关系。”初读周国平这句话时，有点不甚了了，随着年纪的增长，就有了更深的体验。

“同床异梦”，用来形容大多数人的婚姻状态该是恰当不过的了。如果从人的心理需要出发，从人必须拥有最低孤独的底线来看，“同床异梦”是合理的而且显得十分必要。所以，周国平对我们说“同床异梦是一切人的命运，同时却也是大自然的恩典，在心理上有其必要性。”如果有谁从法律的层面规定，凡是睡在一起的人，必须同床同梦，那才是非常可怕的呢！顺便说一句：同床异梦是常态，同床同梦很珍贵，异床同梦更叫人“寻他千百度”……

学会孤独，学会与孤独做个好朋友，这是一种非常重要的人生体验；在孤独的簇拥下，我们或许才能与自己的灵魂相遇，与自己的心灵沟通。托尔斯泰曾经说过：在交往中，人面对的是部分和人群，而在独处时，人面对的是整体和万物之源。

此外，孤独还教会了人们如何坦然面对自己身边发生的那些事情，甚至坦然地面对随时可能发生的死亡，从而为死亡做好准备……

按理，作为一本书的后记，应该列出那些值得自己感恩的人，并致以深深的谢意。我想说的是，一路走过来，我一直珍爱我所爱的人和关爱过我的人，珍惜缘分的赐予，尤其珍惜雪中送炭的那一份深情厚谊；“大恩不言谢”，在我心灵的深处，有一份最为宝贵的“档案”，那就是我应该永远铭记的恩情，是永远活着的种子，在心田发芽、开花、结果，生生不息……

2016 年春于无名斋